¡SOY MAYOR!

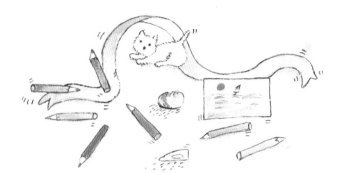

CUENTO DE MONTSERRAT VIZA

VERSIÓN CASTELLANA DE T. ACKERMANN GEFAELL

ILUSTRACIONES DE MERCÈ ARÀNEGA

laGalera

JUANA AÚN TENÍA POCOS AÑOS,

PERO ELLA YA SE CREÍA UNA NIÑA MAYOR.

SIEMPRE QUE LE DECÍAN COSAS COMO

"YA ES HORA DE IRTE A LA CAMA,

LOS NIÑOS TIENEN QUE DORMIR

MUCHAS HORAS",

O "COME MUCHO, QUE ERES PEQUEÑA

Y TIENES QUE CRECER",

JUANA SE PONÍA DE PUNTILLAS

Y DECÍA ENFADADA:

—¡NO SOY PEQUEÑA!

¡YA LLEGO AL ESPEJO DEL LAVABO!

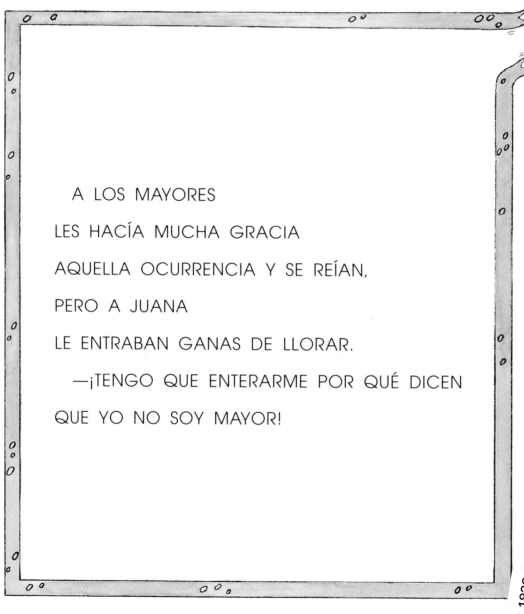

A LOS MAYORES

LES HACÍA MUCHA GRACIA

AQUELLA OCURRENCIA Y SE REÍAN,

PERO A JUANA

LE ENTRABAN GANAS DE LLORAR.

—¡TENGO QUE ENTERARME POR QUÉ DICEN

QUE YO NO SOY MAYOR!

—¡AH! ¡YA SÉ!

LOS MAYORES TIENEN MUCHAS COSAS Y YO NO.

Y ENSEGUIDA SE VACIÓ LOS BOLSILLOS,

VOLCÓ EL CAJÓN DE SU MESILLA

Y SU BOLSA DE COSAS SECRETAS.

EN TOTAL TENÍA:

UNA POSTAL DE IBIZA,

QUE LE HABÍA MANDADO UNA AMIGA,

UNA GOMA DE BORRAR EN FORMA DE GATITO

UNA PIEDRA DE TONOS AZULES, PRECIOSA,

SIETE LÁPICES DE COLORES

UN LAZO DE SEDA AMARILLO

UN CLIP DORADO...

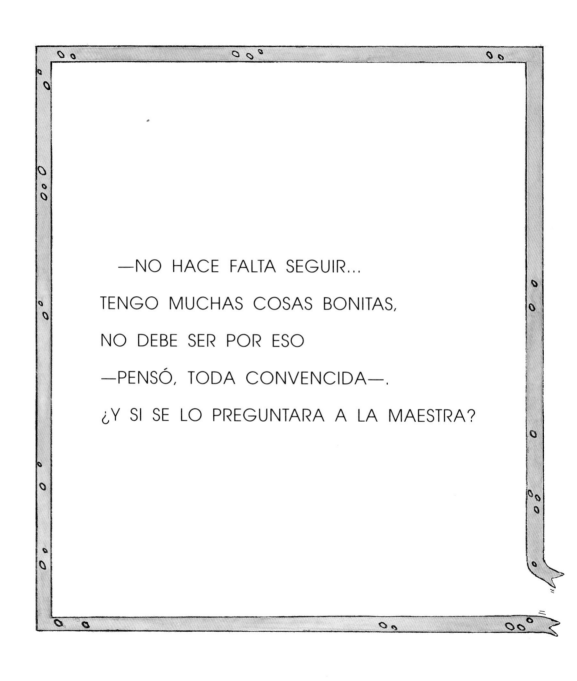

—NO HACE FALTA SEGUIR...

TENGO MUCHAS COSAS BONITAS,

NO DEBE SER POR ESO

—PENSÓ, TODA CONVENCIDA—.

¿Y SI SE LO PREGUNTARA A LA MAESTRA?

—JUANA, TIENES QUE ESPERAR

QUE PASE EL TIEMPO

PARA LLEGAR A SER MAYOR

—LE DIJO LA SEÑORITA—.

TODAVÍA TE FALTA APRENDER

UN MONTÓN DE COSAS NUEVAS.

AQUELLA NOCHE A JUANA

LE COSTABA DORMIRSE.

—A LO MEJOR ES QUE TODAVÍA

NO SÉ BASTANTES COSAS.

VOY A CONTAR CUÁNTAS SÉ:

SÉ DIBUJAR EL MAR CUANDO ESTÁ QUIETO

SÉ PONERME UN LAZO EN EL PELO

SÉ DAR DE COMER A LOS PÁJAROS

SÉ JUGAR A LA PEONZA

SÉ ABROCHARME LOS BOTONES

SÉ SALTAR...

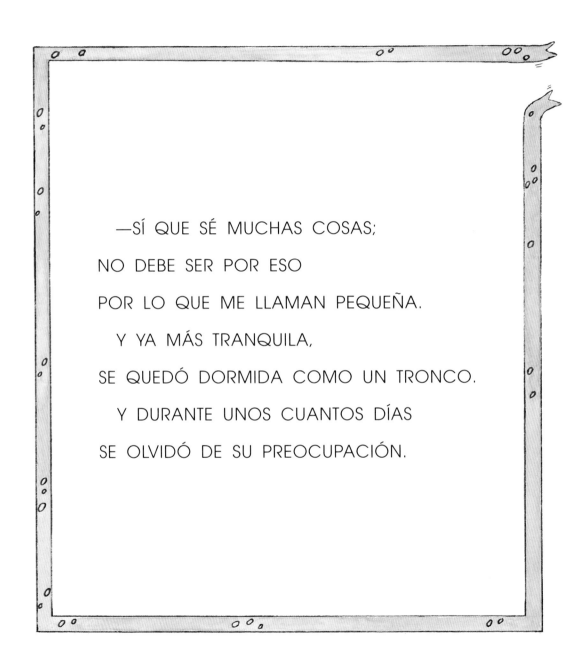

—SÍ QUE SÉ MUCHAS COSAS;

NO DEBE SER POR ESO

POR LO QUE ME LLAMAN PEQUEÑA.

Y YA MÁS TRANQUILA,

SE QUEDÓ DORMIDA COMO UN TRONCO.

Y DURANTE UNOS CUANTOS DÍAS

SE OLVIDÓ DE SU PREOCUPACIÓN.

PERO UN BUEN DÍA,

AL COMPRARLE UNAS CASTAÑAS ASADAS

A LA CASTAÑERA DE LA ESQUINA

SE ACORDÓ DE PRONTO, Y LE PREGUNTÓ:

—¿QUÉ TENGO QUE HACER

PARA ESPERAR QUE PASE EL TIEMPO

Y HACERME MAYOR, SEÑORA CASTAÑERA?

JUANA TUVO SUERTE.

ESTA PREGUNTA

SÓLO LA SABEN CONTESTAR ALGUNAS PERSONAS,

Y LA CASTAÑERA ERA UNA DE ELLAS.

—¡UY, YO SÉ MUCHO DE ESO DE ESPERAR

QUE PASE EL TIEMPO!

¿SABES? PARA VENDER CASTAÑAS EN OTOÑO

TENEMOS QUE ESPERAR QUE EL SOL

CALIENTE BIEN TODO EL VERANO

Y MADURE LOS FRUTOS.

CUANDO YA HA PASADO ESE TIEMPO,

LAS CASTAÑAS YA HAN CRECIDO SOLITAS.

YO NO HE TENIDO MÁS QUE ESPERAR;

TAMBIÉN YO HE DEJADO PASAR EL TIEMPO.

JUANA LA ESCUCHABA ADMIRADA.

—¡PERO QUÉ FÁCIL ES CRECER
Y HACERSE MAYOR!

YA DE VUELTA A CASA,
MIRABA Y REMIRABA LA CASTAÑA
QUE LE QUEDABA,
Y MIENTRAS EMPEZABA A PELARLA,
IBA PENSANDO:

—ESTA CASTAÑA SE HA HECHO GRANDE
ELLA SOLITA, SÓLO HA NECESITADO
MUCHO SOL Y MUCHA LLUVIA DÍAS Y DÍAS.

¡ESO QUIERE DECIR
ESPERAR QUE PASE EL TIEMPO!

Primera edición: *mayo de 1999*

© Montserrat Viza, 1986, por el texto
© Mercè Arànega, 1986, por las ilustraciones
© La Galera, S.A. Editorial, 1986
por la edición en lengua castellana
Depósito legal: B. 30.472-1999
Printed in Spain
ISBN: 84-246-2762-8

La Galera, S.A. Editorial
Diputació, 250 - 08007 Barcelona
www.enciclopedia-catalana.com
lagalera@grec.com
Impreso por Índice, I.G.
Fluvià, 81 - 08019 Barcelona